JN148887

歌集

月の裏側

滝本賢太郎

Takimoto Kentaro

六花書林

月の裏側 * 目次

I

II

IV

装幀　真田幸治

月の裏側

I

なおいいですね

雨ならばなおいいですねと結ばれし手紙　溶かさぬようにとしまう

芳年（よしとし）は小気味好いのと言いながら枇杷の実たるる庭をくぐりぬ

浮世絵の藍より重きゆうまぐれ山猫色の紅茶を啜る

クラウセヴィッツ語りしわれと向きあいてただ剝かれゆく甘夏の皮

白砂糖責め絵の上にこぼるれば降りこめている夕立の音

静かなる庭いまはもうばら園と呼ぶ者なけれどばらが咲いてる

もういないひとを訪ねる夢ありて後の一日を黙しておりぬ

夏至過ぎの空を沈めて昏みゆく窓につかのま海がきこえる

七月は無言のままに終えたしとミンククジラの骨を撫でいる

しぐれのような

見失うものの多くてこの真昼鳥類学者のように立ちおり

ねむそうな声が受話器を遠ざかる葡萄のような夢を見ている

順々にかわいい子から降ろしつつバスは海辺の街へと入りぬ

都市というセンチメントにふるるまで夕べを籠もるロイヤルホスト

なにがしもそれがしもいる昨夜の夢掌に載せたまま夕暮れとなる

絶筆の滑稽譚の一節にしぐれのような傍線を引く

鱗が欲しい

武蔵野の月と思えばなんとなく外套の襟立てつつ仰ぐ

高架ゆく車両ぬくとし晩年は小鳥にかこまれて暮らしたい

フラミンゴ暁のテレビに映りおり薄桃色の林立として

秋近き空に果てなしわたくしも肺魚のような鱗が欲しい

北斎さん

鈍行の床にこぼるる夏を踏む　ヴィスコンティが好きなのですか

またしても天使のことを話しつつあがたざかいの橋を越えたり

ひまわりの花の枯れいるあたりまでせんちめんとは押し寄せており

残暑とう光に濡れている路地のここより街の名前が変わる

南へのあこがれをきく茶房にて太宰のような頬杖をつく

死ぬるほど眠たしと言うきみを置くベンチの上の凌霄花

提出を終えたばかりの修論の一章として「北斎の蛸」

蛸のような眼を持てる猫の子を北斎さんとあなたは呼んだ

ひとしきり春画のことを語りたる口をそれぞれ麦酒で漱ぐ

沈黙はほったり積もり煮詰めたる豚の足など齧ってわれら

雁のこと秋成のこと鬼百合のことマカロンの致死量のこと

渡されし簡易製本論文の表紙に満ちている浅葱色

近代と呼ばれて冷ゆる美術史の空より鮭が吊るされている

分析のすずしさに指添わせつつわれも踏みゆく言語野の冬

性愛は泥よりだるくあるべしと光つゆけきランドリー過ぐ

弧という字をまろまろ栗鼠のごとく書くきみにもかろき冬来たるべし

うつしみの空のおもてをほと撫ずる暗き羽もつもの　鳶だろう

星よりもさびしく寒く舞う鳶を窓に見せつつ駅へと入りぬ

石積むごとく

あこがれは「時計じかけのオレンジ」の作家蹴り上げたるそのブーツ

単位取得退学届に名を記し石積むごとくルビを振りたり

十代の半ばに泥みしスラングの日吉駅裏（ひようら）、日吉のタクシー（ひよたく）、とりわけ日大日吉（ひよぽん）

ひようらの裏の義塾の坂道の昼の無人に影をくぐらす

学生さえおらねば美しきキャンパスの右も左も裸木が並ぶ

貸本屋と言われていたが　十年の後なお漠と立つダダ書房

竹叢の底いに到る石段を学生街の果てと定めつ

II

二〇一四年七月より二年間、ハイデルベルク大学に留学する。
この二年、よい思い出はほとんどない。

滅びるようで

空港の光つめたし黒き眼は仮名序の仮名の朧を下る

まるいものはみんな眠っているようで眠れるままに滅びるようで

心地よき区画なるべしドイツ語のあまり響かぬトルコ人街

旧市街越えて朝（あした）は霧深く立てる南へ下りゆきしも

幾度ものカーヴを越えて到りおり移民の多き殺風景に

根セロリの夜より重き球形をトルコの人は累々と積む

教会の庭より眺む秋深き空のほとりを舞う黒つぐみ

灯ともせば夜辺の鏡に映る吾に花でも買ってやりたいのだが

まさやかに月は差しつつこの街のたった一つの坂を上りぬ

ぬられてしまう

州都よりわれを訪ぬる一人(いちにん)の菜の花色のトランク軽し

一羽、二羽、三羽ときみが指さして太き脚持つ天使を数う

ひったりと背よりわたしを抱く腕にファンデーションもぬられてしまう

冬薔薇のあわれ枯れしも湯に落とし浴さむ女になれざるからだ

前(さき)つ世をたどりたどりてまた今夜ヘリオガバルスの宴で会おう

湯気さえも

佐保姫の春のきゃべつを小一時間蒸せるあいだを訃報が届く

七時間の時差あればこそ夕暮れの電話　覚悟は決めつつ摑む

帰らなくていいのかと問えばいいと言う死にたるひとの娘の声が

七時間過ぎてこちらもしんしんとあなたの死んだ時刻を迎う

死顔のやさしさを言う一通を開きぬ夜も白湯くぐらせて

わが知らぬやすらかさこそ尊かれ九十歳のいのち美し

ティーバッグを湯に浸しつつティーバッグも湯気さえも魂（たま）の喩となりそめつ

祖母は大正生まれの女性にしては珍しいほど背が高かった。
小学生の頃、週末になると祖母の家によく泊まりにいった。
一緒に時代劇を見るのが好きだった。

大きかったあなたと並び眺めしは松平健の人斬るばかり

キーちゃん

留学中の指導教官 Helmuth Kiesel 先生に捧ぐ

博論のための留学たましいの半分くらいは学業に売る

二十五時過ぎて帰れる隣人のハミングがまた転調に入る

ドイツ的仏頂面がこわいのでキーゼル教授はキーちゃんとする

面談を終えて夕暮れ野鼠の小さき背中が廊下を走る

独文学研究室を出でて仰ぐ城を埋める朝（あした）の霧を

小一時間光のなかを運ばれて大聖堂の立つ街に入る

絶望も好きなだけするつもりなり薄桃色の壁にもたれて

両岸にはしゃぐ男女をちりばめてネッカー川はひと房の夏

ドイツにはもう慣れましたと嘘を書くしずかに轆轤回せるように

きれぎれの夢の中にて大鋏持ちたる蟹を蹴り殺したり

『魔の山』の分厚きペーパーバック抱え秋の真白き階を上りぬ

異国語を注がれている耳さえも性感帯のひとつなること

布袋に詰めれば鈍器となるほどの本携えて教授と会いぬ

銃口を嚙んだらこんな味だろう母語さえも咽喉越えざるたまゆら

火を放ち

世之介のごとく漁色に生くべきを学知のごとき世事にまみれて

ぽつねんと書（ふみ）読む暮らしが歪めゆくわれの背骨の節々に薔薇

わたししかおらぬがゆえにこの真昼詠わざるもの置かぬ図書館

火のごとく育て図太きあきらめよ四十二度の酒精をくべむ

帰ろうね万巻の書に火を放ち竜の落とし子みたいな島へ

青猫

青猫のようなるひとと別れしも会いしもヴィンターホテルのロビー

その秋の二月後(ふたつき)をババリアはあさなあさなの霧深きかも

ミュンヘンを離（さか）りて走る秋の野は霧どこまでも稠密に霧

焦げ跡のごとき髭持つ総統は菜食主義者なりしという説

霧の底で話してみるさゲッベルスはさらに食えないやつだったねと

冬の旅、いやなおさびしき旅のためとびきり長きコートを購えり

切れ目

ドイツとの金の切れ目の近ければ粛々と書く解約通知

激烈な否定詞を添え滞在を延ばす心の非在を示す

土砂降りに撃たれっぱなしに夏たけて今年乏しや川原に芥子は

残照も沈める川に来れば顕つノーフューチャーとはかわいいことば

レクイエム（それもフォーレのコルボ盤）かけて無人の酒場はないか

ジョルジュ・サンドの愛人の弾く嬰ハ短調スケルツォ、こんな息をつきたい

寝ねがてに落ちるアリスを数えれば七人落ちていまだ眠れず

ぺりかんの嘴ほどの距離がいいパゾリーニなんて語れるときは

羽を切れば天使一羽も蔵いうる旅行鞄へ荷を詰めてゆく

鯉一尾ただただ煮込むセルビアの郷土料理を聴くあさぼらけ

二〇一六年秋、帰国

ジル・サンダーの

川へ来て川の面を見て歩む間違っていたことなんてない

春霞なんて立ちえぬ街に生き佐美雄をサミーと呼んではみるが

芦田愛菜をしまう校舎を窓越しに眺めて午後の教材を刷る

立ったまま食べる朝餉の納豆の黄（きい）のからしがかなしく辛い

博論の終わればゆきたき街ばかり増えていずれも湾を抱く街

生きづらそうな歌人を驢馬と呼んでいる驢馬に囲まれて焼酎を飲む

なんかちがう、なんかちがうぜポエジーで言うならば長きナイフをつかむ

まだ歌をやめぬこの身の凡庸にジル・サンダーのコートが欲しい

たぶんこんな感じでやさしくさしていた『絵のない絵本』の夜空の月は

皿に皿重ねて棚に戻しゆく夜更けどうして銃声を恋う

骨多き傘差してゆく県境の素敵じゃないか川へ降る雪

嘘ばかり

歩道橋渡り仰ぎぬ古傷のごとく真昼を架かれる月を

遠景にぼんやり諏訪湖まどろめば息継ぐように車窓を眺む

嘘ばかり詠んできたけどまあいいか春のあくびにしびれたからだ

鯉の吐く泥より重く眠ってた旅の終わりの特急のなか

さて四月カカーニエンのカスタニエンぼくの枕へ運べよこりす

Ⅲ

お眈美

累累と魚卵のような雲を流ししずけく冷ゆるこの朝の空

ゆるくゆるく地震の立つとき教室の子ら一斉にスマホを開く

相談の序章と思えば女生徒ののろけ話も一応は聴く

耽美よりお耽美がよし丸襟のシャツにアイロンふわっとあてて

中腹に無人の社置く坂のすすきやすすき昨日はどちら

秋深き動く歩道で動かずに駅の終わりに着くまで話す

たぶん口実

冬芒数本を活けてこの部屋に枯野をちょいとお借りしてます

とっぷりと冬の厨の水に漬けおやすみ明日煮るひよこ豆

相談はたぶん口実進路よりわれの暮らしを女生徒は問う

年齢を思い出すたびわが内を魚は跳ねおりその水の音

オーボエを抱えて君と海に出るうすむらさきの夢より覚めつ

臨界点

靉靆（あいたい）とまどろむ真昼子羊の毛を刈るあたりから夢だった

空に罅どこまでも罅走らせて桜並木の桜の冬枝

催花雨に濡れてやわらかき夜の街を菜の花色の電車はすべる

ほのぼのと酔えば二階のこのバーの岸を離るる舟のごとしも

半分は諾うけれど　あどけなく読書が仕事の人と言われて

評点をつけつつ知りぬ九月より見ざる男の退学のこと

切り花のミモザはそこで豪快に咲いてなさいと食卓へ置く

さびしさの臨界点をとっぷりと越ゆる夕べを浅蜊は煮える

針葉樹林

わが内に隙間なく針葉樹立つごとき月曜の朝体を起こす

人のいない海まで走る電車だが（スーツ着てるし）勤務地で降りる

雨粒をはつかにのせる窓越しに代々木上原のモスクを眺む

労働がドイツ語がわれに背負わせる愁い捨つべし夜毎に走る

ランニングシューズは踏めり境内の五月の雨につやつやの石

失せろ

暁(あけ)近く届くメールは学生の不正行為を簡潔に告ぐ

「ストレスの溜まる仕事」と言い捨つる同僚と待つマイクロバスを

夏至近き朝の階段教室で失せろと声は抑えて言いつ

中だるみでしょうか。ですね。お互いに傘に籠れば目は見ず話す

鷺一羽立たせる川に動かざりあぶらのように照るさびしさは

樹であったこと

控え目に蟬の声立つ外面だが窓のこちらはしばらく試験

きれぎれの夢の向こうで夜を鳴く蟬の集まる樹であったこと

そよぐがにしずかにたぐられておりぬ独和辞典の薄き頁は

教室の窓の向こうの空に夏蜻蛉いっぱい泳がせて夏

一篇の詩を訳しつつ聴いており山一つ越えて吹く海風を

ほろんと

執拗にわれを責めいるメール来て返さねば午後二通目が来る

二通とも消去せし指がするめいか剥いて夕べを捌いて炒め

遠くなる人の記憶の輪郭の向こうほろんと風鈴が鳴る

卓上のコーヒー豆を引き寄せる涼しくさびしき香りにあれば

寝（い）ねがてのテレビの映す数秒を終電の後の渋谷の人ら

溺れる川

踏切を越えるつかのま車窓より運ばれてゆくおみこしが見ゆ

マネの描く女主人のように立ち秋分の日も授業をなせり

新宿のはずれの小さきキャンパスの五限の後を包む虫の音

令和元年東日本台風

俯瞰図で映す惨さよ中継は溺れる川にまた切り替わる

授業後をあっけらかんと女生徒は水漬く故郷の写真を見せる

なんでもいいが

黒瑪瑙（オニキス）のカフスを通し冬立てば清しきまでに冷たしシャツは

しばらくは手帖に挟む東京を突然去りしあなたの手紙

霜月のおわり友人の伝手を得て天文台に勤めるという

九州のそこから見える星を聞くきれいだったらなんでもいいが

薬物を断ちてもがける晩年のアート・ペッパーのこの冬の歌

なにゆえか詩語のごとくにしぐれくる芦屋小雁という芸名が

十方を鎖してしげき雨音をテレビの漫才の拍手で消しぬ

てんこしゃんこ

三月の実家へゆけば父母はそろってユニクロのもこもこの中

この朝も庭へ降り来てつと走るオグロセキレイなかなか飛ばず

トルソーに対いつづけているごとく春のはじめはきまじめに鬱

ドイツ語検定（どくけん）を無事取れましたとメール来る単位をせがむメールの間（あい）に

横浜の西へあなたは東（ひんがし）へ海老雲呑を食べたら帰る

ニラ入りとニンニク入りの大皿をてんこしゃんこに行き交う箸は

和田塚の駅より眺むさかしまに立ちて椿の蜜吸う目白

地獄

二〇二〇年度、コロナウイルス対策に出された緊急事態宣言に伴い、大学は当初の暦通りの開校を中止した。その後五月雨式に連絡が届き、わたしたち教員はオンラインで授業を行うことが要請された。だがその方針も、なにしろはじめてのことであるがゆえに二転三転を繰り返す。五月の連休明けまで授業はなく、この間ただただ会議とメールのやりとりがアリバイ作りのように繰り返された。

泥ごぼう、セロリザックに差し入れてすっかり無人の坂上りゆく

緊急事態の首都の夕をつつがなく届けられたる除毛クリーム

蜆らの砂を吐くのを待つ折に遠隔授業の要請は来ぬ

ありたけのさくらはなびら大鍋で煮つめたしこの無聊のために

後手後手は大学も負けていないのでもう何度目のシラバス修正

蛸に生れ捕われ切られオリーブの油で執拗く煮らるる地獄

むごき夕陽を

退室を押せばZoomの教室は消えて暮らしへもう戻される

あじさいに生まれたかったまっしろの首手折られるあじさいの花

ここを曲がれば人のあんまりいない道黒ウレタンのマスクは外す

藤の花揺るるに揺れて君の書く交換留学中止の経緯

夕過ぎていよよ濃くなるわが内の霧へ注げり大和のジンを

夜の窓を開けば聴こゆシャワーより人体に沿い落つる水音

生きていることが恥ずかしくなるほどにむごき夕陽を見せてくれ夏至

あきらめて

鷹の爪たんまり漬けて忘れたきことばっかりの今年の梅酒

遠景の寝釈迦のような夏雲へ湘南モノレール無心に下る

この人も結局は自己責任と言っちゃうんだね、　のうぜんかずら

イギリス風ぶつ切り鰻の煮こごりのようなる眠り　覚めてまた寝る

日照雨降る境内を来て酔芙蓉ずいぶんあきらめて咲くなあお前

傷む桃

筆名のわたしを指して届きたる暑中見舞誰にも会いたくないが

八月の暑さ明るさあっけなさぜんぶたぎっている路地を踏む

疲れやすき夏のからだのわれは桃さわるとこから傷みゆく桃

考えることなどやめて採点の間は流すサメの映画を

かなかなの二つ三つと鳴きそめてはつかに開く厨の窓は

雁

みずからの靴音をずっと聴いており胸に苦しき無音のあれば

さみどりの檸檬絞ってキンミヤをじいんとさびしくなるまで飲みぬ

東京を離れてすでに一年（ひととせ）の君が送れる栗蜜落雁

舌下にて溶かす干菓子の栗蜜の眠り薬と変わらぬ甘さ

雁思（も）えば病む雁落つる雁眠る雁いずれの雁も声を持たざり

メールでは饒舌だった学生と話す互いにマスクはつけて

人と会うことがこんなに疲れると秋雨よ思い出したくなかった

フラミンゴの首をゆっくり締め上げる心でほうれん草絞るべし

くるりと

実家にて開く夕刊の四コマのこの人たちもマスクの暮らし

たましいの彩度を上げるイタリアのリュートの楽を部屋に満たして

海老餃子真冬の空の鳶のごと箸はくるりとまた海老餃子

学会費払いに下るわたくしへしどろもどろに降る冬の雨

歳月の岬を上ってきたのだろう窓に架かれる二日目の月

一月(ひとつき)も先の約束一月は絶対生きると覚悟を交わす

刃

切れ味のよい歌がもうなんか無理シャワーヘッドは頭皮に当てる

わたしまた少し踊ってたＦＭをかけて夕餉の鰆を焼いて

簡潔なメールは告げる翻訳の企画無傷(むきず)で通りしことを

誰とならうまくやれるかたぐりつつあぐねつつギリシャ・ローマの神話

わたしひとり蔵う喫茶は春の恥部淡くポルカの楽は流れて

芥子の夢阿片の夢に麻の夢　夢の向こうを紫の雲

おみなごの乳首に刃（やいば）あつるごとほうれん草の芯断ちており

雲雀料理

夕暮れの春の厨でかけるならブルックナーの何番ですか

透明に生きてた気がする非対面授業ばかりで暮れた昨年

まなこ閉じて聴けばうぐいす三羽四羽鳴き交わしたる夕べは五月

不織布のマスクの下でものも言わずだんだんに嘴となる口

石頭やなあ　鋭くやわらかき土井善晴の西の言葉は

今日は来るって言ってなかったじゃん憂鬱が平然と夜の食卓にいる

真向かいて雲雀料理を取り分ける第何波まで来るのでしょうね

どうせなら

雪を踏む夢を抜ければ夏至近き朝が滲んでゆく１ＤＫ

片耳は枕のへこみにあてたましばらくは聴く夢の残響

どうせなら白あじさいのアナベルを咲かせて左右(さう)の肺滅ぶべし

殉国の碑をたちまちに黒く染め首都のはずれを驟雨は駆ける

もうこのまま死んだっていい空へ咲くのうぜんかずらの花にも触れず

睡蓮だった

かじられた西瓜象る箸置きに箸も葉月のうつろも置きぬ

手ざわりのなき日々を積むねむの葉のやさしく垂るるを夜毎眺めて

寒天のごとき青空を見せてくれ敗戦記念日の昼日中

午睡よりさめて喉へ落とす水夢の中では睡蓮だった

あずきバー噛みながら聴く「黄昏のビギン」歌声は晩秋の風

棒鱈

日々の泡日々が泡にて常温の炭酸水のけだるい苦味

たちまちに夏をなかったことにする雨降らしめて九月朔日

赤蜻蛉何匹分の寂寥が「秋日和」なんて映画をつくる

成績をめぐるわずらわしきメールにて原則的の一語で済ます

棒鱈のごとくささくれて働けば自由になれる（Arbeit macht frei）んじゃないのかドイツ

夜を滑る雲を仰げば（あれは三階）熊の着ぐるみ干さるるが見ゆ

馬場あき子はエモいっすねの一言で終わらせるほうれん草絞る

忘れましょうね

白菜の茎がだんだん透き通り忘れましょうね前世の記憶

五時で真っ暗冬至の前の新宿の地下の茶房へふたりで下る

どのくらいスラムなのかと問われればやや誇張して蒲田の話

雨の日に限って蒲田へゆく用事あって二度（にたび）はワクチン接種

学会の忘年会どれもなくなってCovidにほんの少し感謝す

黒酢

ずいぶんと白髪の増えた旧友とマスク外して飲む紹興酒

カラオケにしばらく行っていないことほつほつ話す黒酢をたらす

蜜のごとき美酒と詠えるホメロスといずれ飲みたき純米原酒

冬の夜の闇より重たき煮汁浴み里芋牛肉ああ愉しそう

豆

ちゃぶ台は前からあるがああついにベッドまで置くこの焙煎所

たしか秋、豆を量りて栗蟹の味を店主の言い出したるは

この人もチャンドラーが好きわが背に鍼打ち語る加藤先生

朝なさなコーヒー豆を挽く間(あい)のわが頬を打つ夢の尾鰭は

ほっけ

いつも何かを置き忘れたる心地して揺られおり花の季節の地下を

あわれ春あわれ四月はにこにこと陰陰滅滅微笑み続け

今年度仕事入れざる水曜を抒情休暇とこっそり呼びぬ

いや、だからイヤダカライヤの地口もておじゃんにしたき関係ばかり

むきだしのカリフラワーは左手に不動産屋の着信を受く

劣情が極まれば作る娼婦風より娼婦的ケチャップ饂飩

プレハブのような校舎の教室の窓にそろそろ架かりぬ月は

はいどらんじあ

古書店の棚の文庫の天を歩む天道虫いま『詩学』で止まる

食すなら山紫陽花のうすみどりさっとゆがいて酢に浸しつつ

蕭々と雨の夜更けの耳は聴くあじさいの花ふくらむ音を

具象なんてみんな怠惰なイデアだと思っていたよ、 はいどらんじあ

ともしびのごとく昭和を語りたるラジオが闇を呼びよせている

点滅抒情

触れたれば感電死してしまうだろう白梅は花あんなにつけて

北を向く窓辺に飾る子どもらがアルファベティカルに死にゆく絵本

ソロキャンプとさして変わらぬ生活で火を焚くごとく翻訳をなす

訳し難き一語をずっとあぐねつつずるり引き出す火烏賊の腸を

六度(ろくたび)の返信を経て進捗のZoom会議の日取りが決まる

寿限無寿限無ゴドーを待ってるわたしたちここで歌仙を巻いてたら春

ほたるいか一パック分の眼を摘んでボレロはまだまだ盛り上がらない

凍らせた烏賊は凶器となることを聴きたりあれはいつかの花見

涅槃にはお出入り禁止の身を置けばざんと桜の降り積むベンチ

新宿の地下を歩みぬぼんやりと通ったカレー屋ももうない地下を

覚え直すつもりもないが二年（ふたとせ）を会わねば後輩の名を鎖す霧

遠く遠くの春雷に耳澄ますごと聴きおり同期の着任のこと

俺にしかできぬ仕事という幻ぶん投げに春の浜まで下る

医学だって進歩したんだし大丈夫臓器売っても暮らしてゆける

十七歳だったかかってこの浜で友と消火器ぶっ放したり

Don’t trust over thirty　三十歳（さんじゅう）を越えたこの首深くうなずく

つきやまざるため息のごとき空調に馴れたる頃に炒飯が来る

水温む水の匂いに触れたくて隅田の川の橋越えてゆく

色恋のあれこれ水に流すならやっぱり春の濹東の水

ももんがに飛魚不思議に空を飛ぶ生にまだまだ憧れている

橋三つ風吹くままに越えてきて理髪店多き街へ入りたり

月島を越えて新川日曜のテレビ眺めて食うロースカツ

朝方の夢を流れる川を浮くかもめを見つめるかもめであった

聖五月まぶしい頃が旬ですと一角獣のジビエが届く

礼状を書くならば朝の滲む頃蜂蜜色のインクを詰めて

ワルツでもやっぱり暗いブラームスで夜が明けるまで踊っていたい

鮭に塩延々すりこませるごとく訳し直せり序章の結び

死んだくらいで

帰り来て体じゅうから雨音を剥がしゆくごと吸うメンソール

二〇二二年七月八日

政治性も緩い弾丸でたった一度死んだくらいで調子に乗るな

夜風にだけは

暗殺の翌々々日ざらついた授業で夏学期を閉ざしたり

空の高みへ落ちてゆくごとさわさわと百日紅の花揺れ止まず

冷酒二合飲みに出かける身に通すヴァン・ノッテンのおとなしいシャツ

はかなごとまして秘めごと晩夏(おそなつ)の夜風にだけは教えてあげる

海のある街の真夏のまばゆさに疲れてくぐる古書店の戸を

古書店のぴたり閉まらぬ硝子戸が浮世も浮かれた夏も隔てる

煙草臭き本は戻しぬ安いけど絶版だけどフーコーだけど

IV

暮らし

格助詞をあぐねておれば三両の電車はいつしか終点に着く

川のある街の暮らしのあかるさへ古きダイニングテーブルも運ぶ

トーチカのごとく積まれて段ボール（小）二十個に累々と本

「二十個とはずいぶん厳選しましたね」この研究者はよく喰う男

引越しのげに忙しなき日の果ての夢で乗りおり烏賊釣り船に

着信を受けるわが前ハクビシン環状八号線横断す

だくだくの

一夜経て桂花陳酒の香に沈むこの街はもうおしまいですか

西友の灯の中へ入る疲労ってこんなにとれないものだったたっけ

一駅の間（あい）を座ればおのずから閉ずる眼の奥、蟹がいる

川魚ひっそりと売る商店を見つけたり、きっと買うことはないが

さはあれど茨城産の鯉買って吐かせたし身のだくだくの泥

岬

金があればしない仕事と割り切ってこんな学生も「さん」づけで呼ぶ

どこからがハラスメントかあぐねつつあぐねつつそのぎりぎりで叱る

「岬」とうかすれた文字を背負いつつトラックは入る袋小路へ

仕事ほとほと辞めたき夜の胃に落とすデリーカシミールカレーの昏さ

辛き世の辛き飯なおもかきこんで労働なぞに理由はいらず

ほら、脳に海老がわいてる深刻にわたし生きてちゃだめなんだって

川べりに黄(きい)のほわほわ秋を舞う花粉はほんのりわたしを殺す

東京の三センチ上空を踏む心地生活実感ってなんですか

しかし川

火曜日の火を消すごとくこの街も出講先もひとしくしぐれ

川崎を過ぎてしばらく西をさす電車はすすきばかりを見せる

帰り道は冬の清しき夜の闇に洗われてなんにも映らぬ車窓

しかし川、夜に泥めば悩ましくなお生々しく黒々流れ

人を殺めて連行される者のごとくパーカーをかぶるこの学生は

日曜の午後の会議よ教員は屑か真面目な屑しかいない

いっそひどいコロナ禍でいい誰からも等しく遠くわたしは暮らす

プチ幸町

地下鉄へ下ればアナウンスも眠たくて内幸町プチ幸町

聞き違えたままでいいんだ連れて行ってくれよ電車よプチ幸町へ

もう少し眠っていたいわたしたち揺られる川越える労働へゆく

人里へ降りゆく熊の心地して目覚めおり教職員バスの復路に

ここに百年

絡まれる木蔦も枯れて喜楽亭ここに百年建ってるらしい

歳月のあかねさす日に照らされて食品サンプルこんなに黒い

成績をつけたら今年度の記憶マンドラゴラのごとく引き抜く

他人事のようにただれて焼けてゆく冬の夕暮れわたしみたいだ

春のドトール

ボレロよりヴェクサシオンのごとくただ繰り返されて春何度目の

木蓮は清潔、辛夷は饒舌に咲くとう仮説立ててはみるが

八時間寝るにも体力がいると聴こえてきたり春のドトール

眠るためのジンくぐらせて沈丁花おやすみ月光（つきかげ）もおやすみ

四月馬鹿

春休みなるキャンパスの図書館で眠りぬ人は貝のごとくに

たぶん同じ本を読んでる人がいる二次文献すべて借りられていて

吐く息に吸う息の音取り囲む書架の本より聴こえくるまで

三月がめくれてあわれ新年度蝗のごとくメールは寄する

エイプリルフール・オン・ザ・ヒル散りゆくはことば差さずに見守ればよし

虚実（うそまこと）　実虚虚（まことうそうそ）ぜんぶ虚（うそ）はな散る頃からお仕事ですね

さくらはなびら髪にそれぞれあそばせて深刻なはなしなんかしない

ああ今日は二日酔い少し閑雅にて頭の中に立つ春霞

キャンプ

連休の入り江の如き平日を乗り換えて乗り換えてゆくキャンパスへ

なんだかぜんぶどうでもいいな熱海行きの電車このまま降りずにいたい

観てしまうひとり男がぼやきつつ淡々とキャンプする番組を

岸辺と岸辺

〆切という微苦笑の責任も忘れたし茗荷の甘酢漬け噛む

きのこ検定受けてみようか毒のある茸過たず集めるために

この人も酔うと電話をかけてきて語る笑う泣く時々歌う

『草枕』英訳受話器を持てるまま読みあげしとぞグレン・グールド

夏の川を並んでゆくような通話　その後の一人の岸辺

お互いは岸辺と岸辺その間(あい)を流るる川へ耳は澄ませつ

切ないくらい苦手何かが欠けているような日曜の夜の静けさが

メゾンタヌキ

くちびるのなまなましさを時に見せペットボトルを取る女学生

焼き茄子を指(おゆび)で裂いてひとりきり愉しむことに馴れすぎている

昨日を今日へ今日を明日へゆく舟に眠れるような暮らしだ、はかな

巻き貝をくぐって二周したことは覚えていたりあけがたの夢

秋の夜に狸見しよりこの荒れ地メゾンタヌキとわれは呼びおり

月の裏側

炎暑炎熱炎も闌ではありますがいきなりぐらせる澱絡み

傷桃(きずもも)の皮こそ優雅な円舞曲指で奏でるように剝くべし

パルチザンのようなる雨も通り過ぎ論理のための理論びしょ濡れ

たぶんここは月の裏側人と会う予定断り眠り続けて

順々に卵を割ってなあ卵たまには燕でも吐いてみよ

蒲田吟行

やわらかなカーヴに入れば車窓にはポルカのごとく河原の道が

久々の冷やし中華の美味さから書きおり吟行の誘いのメール

羽根付きの餃子食わせる店多き蒲田の町に集える五人

春香園（しゅんこうえん）、金春（こんぱる）、你好（ニイハオ）、歓迎（ホアンヨン）わが町は餃子に翼を授く

そしてゆく蒲田駅東口ピンサロとラブホの間（あい）の貸会議室

歓迎はされていたのかわたしたち秋の蒲田で案外詠んで

精一杯詠いて飲みて途中下車して吐くまでが吟行である

虹

神無月鬱を苦しむ学生の配慮願がまた届きたり

うたたねというより気絶車窓には川が弱気に流れてたはず

スナックの扉を越えて聴こゆるは旅情のごとき島倉千代子

川べりの駅のホームをゆくりなく金木犀の香りが洗う

くしゃくしゃのレシートひろげゆくごとく思いぬ十年虹を見てない

やがて土星の

野兎の耳持つごとく商店街聖護院蕪提げつつ歩む

冬至来てやがて土星の季節来てやまぬしぐれのようなさびしさ

少女らはみなマスクして黄淡(きい)きくちばしなんて持たざる素振り

ひとひらと呼びたきほどに心細く冬夕空を鳥かえりゆく

言葉無残に小鳥の群れのごと去ってわたしは夜の土鍋を磨く

あばら骨

抱えきれぬ花束のごとき声として聴きおり朝方の雨音を

冬の夜の重さよあれは憂鬱の酸っぱさだったかザワークラウト

神田明神裏手喫煙所に回り昼の冷たき半月を見つ

散ってゆく椿と花のくしゃくしゃの山茶花どちらがさびしいでしょう

大いなるあばら骨浮かび上がらせて極月真昼の空こそあわれ

睦月三日部屋に戻れば年の瀬にもらった花がまだ咲いている

パニュルジュの羊

ローレライと人魚とわたし如月の海に陽の差すまで歌い継ぐ

佐保姫の春へうつろえど憂鬱はマフラー解いてそこに立つのみ

穴熊と狸の差異に似て淡く冬のゆううつ春のゆううつ

人を殺めし記憶を耐えて忍びつつ青鷺は立つ雪降る川に

この二日われの家より出で来るをずっと待ってるだいだらぼっち

フレデリック・ジェフスキー「パニュルジュの羊」

パニュルジュの羊を数え下りてゆく多孔質なる夢の入り江に

いちめんに海猫の舞う入り江までバスで揺らるる夢のはじまり

繭だから

ほたるいか口に含んで尋常な死の描かれぬ本の続きを

陰謀論とさして変わらぬ妄想と思えどもめくるクトゥルフ神話

にゃるらとほてぷ呟けば立つ春の香の珍味のような邪神の名前

冬季鬱なる語に泥みミステリとホラーのほかはこの頃読めず

寝台の上の一つの繭だからたましいだって溶けているから

みんな静かにフラッシュモブに興じてるようだ蒲田の駅前広場

炎、熾せば

夕さりて四月の駅にこの人は缶チューハイを持って現る

指と指からめて繋ぐ手は熱く他愛ないことしかしゃべってない

すみれの花の砂糖菓子より甘々きスタンプ送り合うにも馴れて

恋猫のごとく歌うからグールドもキースも好きさ夜を散る花

境内の花の下にてあまつさえくちうつされている緑茶ハイ

仰ぎたる花の向こうの夜の淵へふたり並んで溺れていたい

キスの後、ひとりに戻り帰る後、思いおり嚙んだピストルの味

五時間の通話の内にまた君へ春の星座と共に傾く

奪い去る力は僕に満ちていて青鷺お前美しいなあ

約束は炎熾せば理性など消せる明るさ　週末も会う

あとがき

本歌集『月の裏側』には、二〇一一年から二〇二四年春までの歌を収めた。基本的には編年体で構成したが、発表時の連作としての形態は崩したものも少なくない。特に新人賞で佳作を頂いたものは、もはや原型がわからぬほどに壊している。新人賞の連作にはどうしても物欲しそうな色目がにじみがちで、歌集を編むにあたってそれがそぐわぬように感じたというのももちろんある。だが一番の理由は、過去の音楽を自在に切り貼りして繋ぐライブDJの気分で歌を並べたかったからだ。

プレイリストを作るように自分の十四年分の歌稿を見返して、わたしにしてはずいぶん長く続けて来たなと思う。わたしはとにかく飽きっぽいが、飽きっぽい割には妙にしつこい。このしつこさ、つまりは執着が、歌のどこに対して向かっているのか、振り返ってみても漠として見えてこない。

短歌が好きなのか、以前から自分でもよくわからない。うまく応えられない。それでも続けるうち、これは問のたてかたが曖昧にすぎて、筋が悪いということだけはわかってきた。わたしは歌がすきなのか。こう言葉を問の形に並べると、「歌が好きです」と臆面もなく応え、莞爾と微笑んでいられる自称歌人の面構えがいくつも浮かび、げんなりする。歌についてはわからないが、歌人は苦手である。これだけははっきりと言える。だから歌会や歌集の批評会などのイベントは極力避けてきた。結社誌に淡々と歌稿を送る、細い繋がりでよいと思っていた。歌は一人で作るものだと信じていた。「いた」と続けざまに過去形で書いたのは、歌集の出版に向けて動き、よくやく多くの歌人に支えられていることに気づいたからである。出版がそもそも、一人ではできないことである。そこに紹介してくれる人、読みたいと言い、待ってくれる人などなど、十四年目にしてようやく歌との、また歌の環境との向き合い方が、ほんの少しではあるが外に向かえた。

思い返せば歌を始めたのもすべて、人の助けと偶然だった。修士一年生の折にドイツ現代詩を読むゼミで、指導教官から君は詩を書いているだろうと言われ、自由詩はつくれず定型を持つ短歌は詠んでいると、ほとんど出まかせを口にしたのが、歌会に参加するそもそもの縁だった。そこで学科の先輩に、ならば退官した先生たちが主催する歌会があるからそこに出るように誘われ、平尾浩三先生と高山鉄男先生の宝珠短歌会に顔を出すようになった。両先生からは日常から歌をつむぐ楽しさ、人の歌を鑑賞し、語り合う至福の時間を教えていただいた。そのうちに高山先生から、りとむ短歌会を紹介され、この時になってようやく、世の中にはまだ歌人という人々が生きているらしいと知った。そこで今野寿美先生の歌集を読み、自分と同じ時代に生きている人で、このように世界を見て、それをかような言葉で表現できる人がいるのかと驚き、深くあこがれて、入会を決めた。
その後入会したまひる野会では、さまざまなテーマの評論を課せられ、鍛錬の機会を与えられていると感じている。そのテーマに、性根がひねくれてできているので、斜めから向き合い、歌の話を極力避けて脱線を重ねるわたしを受け入れてくれている結社の寛容さには深く感謝している。もともと家集のように、歌集は一生で一冊出すのでかまわないと思っていたわたしを時に直截に、時に間接的に焚きつけてくれた諸先輩方にも。そしてマチエール欄の選者で代表の島田修三先生は、歌集の題や今後の歌いぶりについても親身に相談に乗って下さり、あたたかい助言や批評の数々を賜った。全国大会や編集会議でのざっかけないお話は、歌人の多くが見せる退屈な生真面目さとはかけ離れた豪放磊落の魅力を湛え、話題も和歌からワイマール時代まで、翼を持つ魚のごとく跳ねて、愉悦としかいいようのない時間だった。
また指導教官のドイツ文学者大宮勘一郎先生には、歌への偶然のきっかけもさることながら、テクストにひったりと接して、言葉を深く見つめつつ思考してゆくことを教えていただいた。知という言葉は安直で嫌いだが、先生の知の刺激に満ちた講義や対話がなければ、わたしの歌は全くちがったものだったと思う。

一人ひとり挙げきれないが、この歌集をもって、今までかかわってきたすべての人に感謝を捧げたい。そしてなにより妻に。威勢のいいことを言っていると思えばすぐに意気消沈し、とかく感情が変転して落ち着かない極端なわたしを励ましてくれたあなたがいなければ、わたしはこの出版もどこかでひっくり返していたと思う。ありがとう。

話す言葉、綴る言葉、いつかそのすべてが浮力を持って、歌と同じような芯を持つ言葉になればよい。そう夢見て、日々の素振りの鍛錬のように歌を続けてゆく。たとえ歌が手段にすぎないとしても、また昨今の短歌ブームとは一切関係のない誰からも遠く離れたところであっても。そうして表現しうる、生きてゆくことの強い感情の美しさを愛として、人に、季節に、風景に、そっと届けたい。感謝という愛の別名をいましがたわたしが捧げたように、これからも。

最後にこの歌集をここまで読んでくれたあなたにも。ありがとう。ラブ。

滝本賢太郎

二〇二四年十二月

著者経歴

滝本賢太郎（たきもと　けんたろう）

1985年東京に生まれる。2009年頃より宝珠短歌会に参加し、「りとむ短歌会」を経て、2018年「まひる野会」入会。2022年まひる野賞受賞。ドイツ語やドイツ文学を大学で教えるかたわら、文藝作品をその印象からお茶とスパイス料理で表現する「文スパの会」を主催（スパイス料理を担当）。

メールアドレス　kentaro.u.19.06@gmail.com

月の裏側

（まひる野叢書第417篇）

2025年２月26日　初版発行

著　者――滝本賢太郎

発行者――宇田川寛之

発行所――六花書林
〒170-0005
東京都豊島区南大塚３－24－10　マリノホームズ1A
電話 03-5949-6307
FAX 03-6912-7595

発売――開発社
〒103-0023
東京都中央区日本橋本町１－４－９　フォーラム日本橋８階
電話 03-5205-0211
FAX 03-5205-2516

印刷――相良整版印刷

製本――仲佐製本

© Kentaro Takimoto 2025 Printed in Japan
定価はカバーに表示してあります
ISBN978-4-910181-79-0 C0092